僕たちのリア王

―本当の愛、
本当の幸せを求めて―

浅川 剛毅
Asakawa Takeki

風詠社

目次

装幀　2DAY

僕たちのリア王

本当の愛、本当の幸せを求めて

第一章　舞　台

春

ここはフルーツの町、田主丸である。九州、久留米市の東に位置する筑後平野の豊かな穀倉地帯は筑後川の豊富な水流で潤されて、作物がたわわに実る。山脈を構成する耳納の山々からの伏流水は山里に富有柿、梨、葡萄、蜜柑等々の果物をおいしく実らせる。特に巨峰葡萄はここが発祥の地だ。又、植木、苗木等、緑の産地として名を馳せている。この自然の恵みを用いて酒、焼酎、ワイン、醬油等が美味なる味を醸し出している。そしてこの町はそこ、ここに河童伝説が残る河童族の町でもある。河童と云えば古来、想像上の妖怪として日本のあちこちに逸話が有るが、この田主丸では河童と人々が共存して楽しく暮らす擬人化された友愛的存在として親しまれて居る。

戦後七年を経た或る春の日、今日は田主丸昭和小学校恒例の上級生による楽しい遠足日である。校庭に集合した生徒達はそれぞれリュックをしょって、お喋りに花を咲かせていた。「気をつけー！」と張りのある校長先生の一声が響き渡ると皆瞬時にその声の方に向き直った。「今日は大変良いお天気に恵まれ、これから耳納山の中腹にある平原公園まで遠足に出かけまーす。それではしゅっぱーつ！」と号令が掛かると二列になって先頭にいる引率の先生の後から歩き始めた。道端の草むらにはあちこちにつくしん坊が顔を出し、畑は一面に蓮華草が咲き茂り、あたりを薄紫に染めていた。揚げひばりが巣を作っているのか、上空でしきりにさえずっていた。

新六年生になった正一は、仲良しの金太や庄三とお喋りをしながら列を成していた。やがて耳納山の登り口に有る三角丘に差し掛かった時、金太が「あのさー、ここの三角丘に言い伝えられている面白か話ば知っちょるか？」と二人に問いかけた。三角丘とは三方向からの土道が三叉路になっており、一辺が十五メートル程の正三角形のロータリーを形成して居て、その中は一メートル程、土が盛り上がって居り、三本の杉の木が中央に茂っている所である。正一が「どげな話ね？」と聞き返すと金太は得意げに話し始めた。「この三角丘の周りを鼻をつまんで、いっけんけん（片足跳び）で三回まわるとお姫様が出て来る、ち、言う話たい。」すかさず庄三が「そげな馬鹿な話が有るもんか、すら事（嘘）にきまっちょる。」と言うと、金太はむきになって「いんにゃ、あの熊夫先輩が本当に出て来た、ち、言うちょったけ、なーんか有るのは間違いなかばい。」と真顔で答えた。庄三は「だいたいどげなお姫様かも分からんとじゃろが、出るわけなかくさ。」と言うと、金太が「そりゃあ、あの飛天様やら竜宮城のお姫様とか着物を着て髪飾りをいっぱい付けたお姫様とか、誰か出て来るに決まっちょる。」と言うと、庄三が「竜宮城のお姫様ち、言やあ、海の底に居るとが、どげんしてここまで来るとや？」と問うと、「ここの地下に海まで通じるトンネルが有って、三回まわっている内にジェット機のごとしてビュウーと飛んで来るらしか、と熊夫先輩が言うとったばい。」と、金太がしたり顔で答えた。そこで正一が「そんなら、帰りに俺達三人で試して見れば分かるたい、帰りは自由行動だけん、皆どげんかね？」と問うと「ああ、そりゃ良かたい。」と二人が賛成した。そうこうして居るうちに目的地の平原公園に到着した。そこは耳納山の中腹斜面が造成された公園で野球場が丸々、一面は作れる程の広さが有り、平らな芝生が植わっていて、周りには桜の木が取り巻いて春爛漫の花を咲き茂らせており、辺り一面を薄桃色に染めていた。眼下には筑後平野が一望に見渡せる見晴らしの良い展望台でもある。公園中央に全員集合して校長先生から二、三の注意が有り、「三時に再集合して下山するのでそれまで自由行動です。」とのお話で、皆それぞれグループに分かれて弁当を食べた。食べ終わると正一達は隠れんぼをして走り回り、物陰に隠れたり、正一は咄嗟に綾取り等をしていた三人の女の子達の後ろに隠れた。美智子、良子、梢は少々驚いた様子だったが状況を理解して正一が見つからないように三人の隙間を狭めてくれた。しばらくして鬼の金太が背後に走り込み、「正ちゃん、見つけた！」と叫んで、鬼を交代した。

　正一はのどが渇いたので「一休みして谷川に水飲みに行かねーか？」と金太に言うと「俺も行きてー。」と言うので二人で隠れている庄三に「庄三！　水飲みに行くから出て来ーい！」と大声で叫ぶと、桜の木陰から庄三が出てきた。急な坂になっている谷川淵を滑り降りて三人が充分水を飲んだ頃、美智子と良子、梢達三人も水筒を持って水汲みに来た。谷川淵がかなり急で降りにくそうにしているのを見て正一は「美智子！　その水筒をこっちに投げんね、ここで水汲んでやるけんね！」と言うと「ああ、お願い！」と言って水筒を投げた。水筒に水を満たして金太に手渡し、庄三が受け取って美智子に手渡した。良子と梢も同様に汲んでやった。「有難う。」と三人が笑顔で礼を言って戻っていった。正一達は沢蟹や、小魚を捕まえて遊んでいる内に「集合！」という声を聞いて下山の時が来た事を知り広場に集まった。「ここで解散にします。帰りは気を付けて帰って下さい。解散！」と校長先生の言葉の後、皆、三々五々に下山して行った。正一達は三角丘の事が有るので最後に公園を出た。やがて三角丘に着くと金太がリュックを降ろして「よし！　始めるばい、ばってん、お姫様お姫様、出て来てくんしゃい！と祈りながら回らんと、でけんけんね。」と念を押した。「分かった。」と二人は答えてリュックを降ろした。「お姫様！　お姫様！　出て来てくんしゃい！」と叫びながら金太が鼻をつまんでいっけんけんで回り始めたので、正一と庄三も後を追った。三回まわるのは容易ではなかった。三人とも息を切らして休み休みでようやく回りきった。とその時三本杉の真ん中あたりの笹藪がガサゴソと動いた。「出た！」と金太が叫んだ。三人は動いた辺りを息を飲んで凝視した。とその時、背後で「キーッ！」と、音がしたので驚いて振り向くとそこに自転車を降りてニコニコしながらとても美しい女の人が居た。「あなた達そこで何をしてるの？」と、聞かれて、ようやく我に返った正一が「ああ、この三角丘に言い伝えが有って、鼻をつまんでいっけんけんでこの回りを三回まわるとお姫様が出て来るっち、いうけん、それば試しとったと。」と答えるや否や「アハハハハ……。」と、女の人は笑い転げた。「鼻をつまんで回って、フッフッフッフフフ……それで何か出て来たの？」と、問われて、すかさず金太が「あすこん三本杉の真ん中で笹藪がガサゴソ動いたけん、なーんか出て来たのは間違いなか。」と答えると、「アハハハ……それは野ネズミかモグラか何かが動いたんでしょう、もう一時すると日が暮れてこの辺りは暗くなるから早く帰りなさい、あんまり遅くなるとお家の人が心配なさるからね。」と言われて、「ハーイ。」と三人は答えた。「それじゃあ、気を付けてね。」とニコニコして自転車に乗り、山裾に沿った道を手を振りながら走って行った。三人も手を振って別れを告げ、リュックを背負い直して帰路についた。「とても優しくて美しい人だったばってんあの人は一体、誰じゃったとかね？」と正一がつぶやいた。しばらくして金太が「そうだ、あん人が現代のお姫様じゃなかとかね。」とボソリと言った。「そうたい、現代のお姫様っち、言やあ、やっぱ、自転車に乗って来るっち、言う事も充分有るとばい。」と続けて語気を強めた。「まさかー。」と庄三が疑問を投げかけた。正一は半信半疑であったが確かにあのひとときは何か夢の中にでも居るような普段とは異なった雰囲気の中で過ぎて行き、今何かとても暖かい優しさに包まれたほんわかとしたものが心の中に残っている事を否める事が出来なかった。

夏

梅雨が明けて七月下旬、焼け付くような太陽の直射日光をあびるように成ると、町のど真ん中を流れる雲雀川や中心街から少し離れた巨瀬川に大人も子供もどっと繰り出して水浴びを始める。河童の町らしく河童族が居り、素潜り素手取りで鯉を一度に三匹も捕まえる鯉取り名人の鯉取り河童や雪の降る真冬でも川に飛び込む冬河童、河童の手のミイラを保存して居るお寺の和尚河童、相撲が大好きな九千坊河童、等々枚挙に暇が無い。子供達にとって河童は身近に居るかも知れないと半信半疑に信じている存在で有り、遊び相手でもある。庄一達は巨瀬川で水遊びが終わる夕暮れ時に成ると、仕掛け魚釣りに精を出す。一メートル位の竹竿に釣り糸、重り、釣り針を付けて、海老には小ミミズ、鰻には大ミミズ、ナマズには青蛙等の餌を針に付けて五～十本前後の竹釣竿を間隔をあけて土手に突き刺し、水中の石垣の隙間に餌が入るようにセットして、一晩放置するのである。翌朝、正一、金太、庄三達は何が掛かっているか、胸をわくわくさせながらやって来た。川の中程には何時ものように冬河童が早朝水浴びに来ていたが正一達はかまわず竹釣竿を引き上げていった。一本目は手長海老が掛かっていた。二本目はナマズが掛かっていた。三本目を正一が引き上げた時異常な手応えを感じた。長い物が釣り糸に絡みついて激しく動いていた。ヤッター鰻だ！と思った瞬間、全体に鱗がびっしり付いているのが見えた。「ウヒャー、蛇だ！」と大声を上げると、金太と庄三が駆け付けて来た。金太が「ウワー、コリャア、マムシばい！」と金切り声を上げた。「どげんしよう？」と正一が困惑していると、この騒ぎを聞きつけた冬河童がいつの間にか側に来て、「おお！　こりゃあ、マムシたい、小僧、このマムシ、俺にくれんかい？」と言うので正一はもう一も二も無く「ああ、良か良か、上げるたい。」と地獄に仏とはこの事かとばかりに釣竿を手渡した。「ばってん、このマムシ、どげんすると？」と聞くと「こりゃあな、先ず焼酎に漬けてから蒲焼きにして食うと美味かぞー、ワハハハハハ、有難うよ。」と言いながらマムシを竹釣竿に巻き付けて噛まれないようにタオルで口封じをしてから意気揚々と帰って行った。

昼下がりに成ると正一達は小学校の運動場裏が雲雀川の川岸になっている所から飛び込み、

速い流れに身を任せて川下りを楽しむ。途中、石垣の川岸に拳が入る位の隙間が有る所に来ると正一はいつもその穴を覗き込む。すると時々、薄暗い穴の中に目がギョロッとした生き物が居て互いに目をパチクリする事がある。今日も居た。「オーイ！」と声を掛けると、スーッと奥に消えてしまった。中はかなり広くなっているようだが暗くて良く分からない。正一は子河童かもしれないと思っている。しばらく川下りをした所で長い川草に足が絡まってしまった。今日はいつもと違って複雑に絡んだようでなかなか抜けない、水をガブリと飲んで、もがいていると、何か柔らかいものが足に触ったかと思った瞬間、スルリと抜けて川面に浮かび、大きく息をする事が出来た。その時、何か大きな黒い生き物が水中をスーッと下っていったのが見えた。あれはもしかして子河童か？と一瞬思ったが確証は無かった。少し川下りをすると、美智子の屋敷の所に来た。美智子の家は江戸時代以来、代々豪商だがその家訓の一つに「使用人を家族同様、大切にし、食事と風呂は一番にして貰う事。」と有るように、そこで働く人は勿論の事、町中の人達から慕われている家で、川伝いにかなり広い屋敷が有り、川を跨いだ専用の橋が出入り口の一つになっている。突然、「正一！」と声がしたので、立ち止まって上を見ると、橋の欄干に手を懸けた美智子が居た。「ヤア！」と返事をして、今見てきた子河童の話をした。美智子は「エエーッ！　本当？　バッテン本物かもしれんね。」と真顔で答えた。「ウン、僕もそう思っちょる、じゃあ又ね。」と、正一は手を振って川の流れに乗って下って行った。美智子は「気を付けてね！」と手を振って見送った。

先に下って行った金太と庄三が板橋のたもとに有る川岸を登る階段の所で待っていたので合流し、先程の子河童の話をした。庄三は懐疑的であったが金太は「おー、そりゃ子河童に違いなかばい。」と興味津々で「これから和尚河童の所に行って河童の話を聞いてみないか？」と提案した。二人は「良かたい。」と同意して、そこからおよそ一キロ程上流のお寺に行き、和尚河童を訪ねる事にした。途中、美智子の家にさしかかった時、橋の上で川上を写生していた美智子に再会した。正一が「ヤー！」と声をかけると、「アラー！」と言ってニッコリした。「俺達これから和尚河童に河童の話を聞きに行くところばってん良かったら一緒に行かないか？」と誘った。「面白かごたるね。」と美智子は乗り気に成った。「ちょっと待っててくれんね。」と言って、絵の具を片付け、家に置いて出てきた。皆で和尚河童を訪ねて、正一が事の次第を話すと「ホオー、そうかい、面白いのおー、まあ上にあがらんかい。」と四人を寺に招き入れた。「そもそも河童という者はのう、昔々ヒマラヤ山脈の近く、パミール高原から流れ出る川に住んでおったが、ある時一大決心をして黄河を下り、海を渡って熊本あたりにたどり着いたんじゃが、実はこの田主丸がもともと『楽しく生まれる』『楽しう生まれる』『田主丸』と成った事を知り、自由で楽しく、幸せに暮らせる町だと分かって、この田主丸に住み着いたんじゃよ、その時九千匹もの河童一族を引き連れてやって来た頭領が九千坊河童という名の由来じゃ、この河童達はそこ、ここの川に住み着いて、洪水が起きた時にはおぼれた人を助けるように成ったという訳じゃ、だから正一を助けた河童もその子孫という事じゃな、所でこの河童達はのう、良い子には良い事をしてくれるが、悪い子にはいたずらをしたり悪さをするんじゃぞ、だから何時も良い子に成るようにしとかんといかんぞ、分かったかのう?」正一達は「ハーイ。」と声をそろえて答えた。

「もう一つ大事な話が有るんじゃ。」と和尚河童が続けた。「この河童達はのう、ここに住み着いてから自由で楽しく幸せに暮らす事が出来るようになって、とても感謝しとるんじゃ、そこで河童会議を開いて、この町の人達に何かお礼が出来ないかと相談して出した答えが『わしら河童を理解してくれる全ての人にわしらの心、貴方が自由で楽しく幸せに暮らせるようにと祈り願う真心を差し上げましょう。』という事じゃ、だから河童を理解する人は皆河童族と言うて、この河童の真心を持つ事に成るんじゃ、分かったかのう?」「ハーイ。」と正一達は答えた。和尚河童は「ヨシヨシ、お前達は良い子じゃからのう、今良い事が有るぞ、ちょっと待ってなさい。」と言って奥に消えた。再び現れた時には両手でお盆を支え持ち、二つ盛りのお菓子が盛られているものを運んで来た。「こりゃな河童族のお菓子屋さん達が真心を込めて作ったカッパ饅頭とカッパのへそ饅頭じゃ、さあ、一つずつ食べなさい、アゴスタンノコケオツルゴツ美味かぞ、ワハハハハ。」と言って勧めた。正一達は「ワーツ、頂きます。」と一つずつ食べては「美味しかねー!、美味かー!」と感動した。食べ終わって「和尚様! 大層ご馳走に成りました、有難う御座いました。」とそれぞれに礼を述べ別れを告げた。和尚河童は「又いつでも遊びに来いよ。」とニコニコ笑顔で見送った。帰り道、美智子は「和尚様のお話はとっても感動したわ。」と言った。正一も「うん、とっても面白かったね、河童の見方がすっかり変わってしもうた。」と感激の口調で言った。金太と庄三も異口同音であったが、「ばってん、あの饅頭はバッサロ美味かったなー。」と感激しきりであった。やがて美智子の家の前まで来たので、そこで皆それぞれの家に帰ることにした。「じゃあ、さよなら、又ねー。」と言って帰って行った。

秋

秋に成ると人々は実りの収穫で忙しい中にも喜びと感謝でこぼれるような笑顔と親しみを込めて挨拶を交わし合う。又、毎年の豊作を願って町一番の祭り、虫追い祭りが始まる。三年に一度の祭りだが今年はその当たり年だ。昔、平安時代の源平合戦の一つ、北越前篠原の合戦で平家の斉藤別当実盛の馬が、稲の切り株に足を取られて倒れた時、源氏の手塚太郎光盛に討ち取られたので、これを怨んだ実盛の霊が虫の姿になって稲の害虫に成ったという故事に因んで、その合戦の様を再現したものである。各々、等身大の藁人形に鎧、兜、刀、陣羽織等を着せて武者人形とし、両手、両足、及び体の中心と背中にそれぞれ、長い竹竿を取り付けて、六人一組となり、これを人形浄瑠璃のように操るのである。そして実盛の馬が高さ三メートル、長さ五メートル位に竹で骨組みを作り、藁を盛りつけて張り子の馬の形に作り上げ、三十数人が下から支えて走り回る。昼間はこの人形と馬が町中を鉦、太鼓の囃子、「ドンドンキャンキャンドンキャンキャン、ドドキャカドドキャカドンキャンキャン、エーサッ、ホイ。」といった調子に合わせて行進したり、いくつかの場所では合戦を演じたりして、夜に成ると巨瀬川の中央橋付近に集まり、川中で勇壮な戦いを演ずる。昼間、正一は町中の月読神社、愛称、三夜様の広場でこの祭りを見物して居た。すると背後で突然「オイ、小僧!」と声がしたので驚いて振り向くと、そこに冬河童が居た。「お前はこの前ワシにマムシを呉れた小僧だな。」と言うので、「ア、ハイ。」と答えると、「ありゃ、バッサロ美味かったぞ、ワシの家はすぐそこじゃからちょっと寄っていかんかい。」と言って先に歩き出した。正一は恐る恐る付いて行った。家に入ると玄関口で、「ちょっと待っちょれ。」と言うので待っていると、やがて手に金ひばしを持って来て足の裏を見せながら「ホラ、ここに魚の目が有るじゃろう、ここをこの金ひばしの後ろで押してくれ。」と頼まれた。金ひばしを受け取り、グイと押してやると、「ウーンもう少し強くだ。」と言うので、力を入れてギューッと押してやった。「アー、気持ちが良かー。」と言いながらしばらくすると「イヤーもう良か、有難うよ。」と言って、ポケットから一握りの小銭を取り出し、「ホレ、これはこの前のマムシと今日の手助けのお駄賃だ、何か好きな物を買え。」と言ってニコニコしながら手渡してくれた。正一は、金ひばしを返して礼を述べ、別れを告げた。家を出てしばらく行くと美智子が祭り見物しているのが見えた。正一が「美智子！」と呼び掛けると「アラー。」と笑顔で答えた。正一は夏のマムシ騒ぎから今先程起きた出来事をかいつまんで話した。美智子は「へえー！　あの冬河童がそんな事をして呉れたとね？　ここの雲雀川でも真冬の雪の降る日にようー泳いどるとよ、意外な一面が見えて、たまげたー。」とちょっと驚いた様子だった。祭りは合戦が終わり、次の会場へと行進して行った。正一は美智子に「じゃー又ねー。」と言って別れた。

冬

木枯らしが吹き、師走を迎えると田主丸昭和小学校六年生では、最終学年卒業記念演芸会の準備が始まる。楽器演奏、演舞、そして最後を飾る演劇等である。今年の演劇は「リア王」と決まった。小学生にとってその真髄を理解するには少々難しいテーマであるが担任の丸山優子先生と他に加山登先生が協力し、本腰を入れて指導する事となった。丸山先生は教育的配慮から複雑に絡み合うリア王物語の大きなテーマの一つ、「本当の愛とはどういう事か。」という所にスポットを当てて台本を書いた。その粗筋はこうだ。

ブリテン王国のリア王は年を取り、隠居する事を考えて、三人の娘達に領土を分け与える事にした。隠居後は三人の領地を代わる代わる訪ねて楽隠居生活を送るつもりであった。そこで三人の娘達がリア王をどれだけ愛しているか、その表現の仕方によって領地の分配の仕方を決めようと考え、娘達にその事を尋ねた。長女のゴネリルは「世界中で一番愛しています。」とか、次女のリーガンは「姉の千倍も万倍も愛しています。」とか言葉巧みに表現して父を喜ばせたが、末娘のコーディリアは素直で優しく内気な性格で父への愛は言葉より重いものと思っていたので姉達のように飾り立てた表現が出来ず、「私はお姉様達のような言葉では言えません。」と小声で言うのが精一杯だった。リア王はコーディリアを一番可愛がっていたのでガッカリするやら果ては怒りすら顕わにして領地は何もやらずにフランス王に嫁がせてしまう。領地を貰ったゴネリルとリーガンは度々訪ねて来るように成った老人リア王が段々疎ましくなり、その世話を姉は妹に、妹は姉に押しつけ合って冷たくあしらうようになり、果ては追い出してしまう。追い出されたリア王は怒り狂って荒野をさまよう事になる。この事を伝え聞いたコーディリアは父を救う為に急ぎ馳せ参じるがリア王は既に死に逝く床に就いて居た。コーディリアは「お父様！　しっかりして下さい、コーディリアがお迎えに参りました。」と叫ぶと、リア王は「オオオ！　コーディリアか……済まなかった……ワシが間違っていた……許してくれ……コーディリア……。」「お父様！……。」「コーディリア……。」「お父様！ーーーーー。」と呼ばれながらリア王は息を引き取るラストシーンと成り、ここで終わりの幕が下りるという筋書きである。加山先生は主に舞台装置を担当される事に成った。

十二月の第一週末最終クラス、ホームルームの時間に丸山先生から「リア王」が演劇の主題に決まった事が告げられ、配役が次々と指名されていった。リア王：石川正一、長女ゴネリル：中西梢、次女リーガン：太田良子、三女コーディリア：橘美智子、ケント伯爵：中山聡、グロスター伯爵：吉田庄三、フランス王：伊藤誠、従者1：木下金太、従者2：大木太蔵、その他大勢……。各々に台本が配られ、「来週の土曜日の放課後から毎週練習しますので台本を良く読み、早い内にセリフを暗記して下さい。来週は台本の読み合わせから始めます。それでは今日はこれで終わります。」生徒達は「起立！　先生、さようなら。」と級長の合図でお別れして三々五々家路についた。

二月も終わりの週となり練習は仕上げに入っていた。今日は最後のリハーサルの日である。丸山先生は会場に成る講堂の一番後ろに立って「皆さん！　今日は最後の練習になります、その舞台から私の所まで皆さんの声がハッキリと聞こえるように、しっかりと大きな声で、慌てず、ゆっくりと、感情を込めて、セリフを言って下さい。分かりましたか?」「ハーイ。」と皆が大声で答えた。リハーサルが始まり、いくつかの注意を繰り返しながら、いよいよラストシーンを迎えた。リア王がベッドに横たわり、コーディリアが駆け寄って父を迎えに来た件を演じた時、「コーディリアの声が小さーい! もっと感情を込めて大きい声でー!」と丸山先生の何時になく厳しい叱咤が飛んで来た。この場面こそがクライマックスのキーポイントだったのである。美智子はハッ!となって気合いを入れ直し、「お父様アーーー! しっかりして下さアーーーイ! コーディリアがお迎えに参りましたアーーー!。」とあらん限りの大声で叫びながらベッドの側に駆け寄って来た。リア王役の正一は、その気迫にビックリしたが、更に美智子の温かい吐息がフワーと正一の顔に飛んで来た。同時につばきも一緒に飛んで来た。正一はフルーティーな香りのする美智子の吐息と近づいた目の前の顔に胸がドキドキしてしまった。

「ウオオオーー!……コッ、コーディリアかーー! スッ済まなかったーーー! ワッワシが間違っていたーー! ユッ許してくれーー! コッコーディリアーーー!。」「お父様アーー!。」「コッコーディリアーー!。」「お父様アアアーーーー!。」……パチパチパチパチパチと拍手が鳴り、「良く出来ました。」と丸山先生の声が飛んできた。

「今日は大変良く出来ました。今日の演技のとおりに本番も演じて下さい。それでは今日はこれで終わりにします。」「ワーッ。」と皆一気に緊張から解放されて安堵の吐息が出た。皆で後片付けをして先生方に帰りの挨拶を済ませてからそれぞれ帰路に就いた。

三月の第一日曜日、今日は卒業記念演芸会の日である。観客で一杯に成った講堂でプログラムは進み、いよいよ最後のリア王劇の番となった。

第一幕。

ファンファーレが鳴り、幕が開くと三人の娘達が座って居り、家臣のグロスター伯とケント伯がグロスター伯の息子達の事など、世間話をしている。再びファンファーレが鳴り「王様がお出でに成りまあーす。」と従者1が告げる。リア王がゆっくり入場して王座に着座する。ひと渡り見渡してから「わしは大分年を取った、そろそろ引退しようと思う、ついては領土を娘達三人に分けてやりたいが、わしをどれ程愛しているか、それぞれ聞かせてくれ、それによって領土の広さを決めようと思う、さあー先ずゴネリルから話してみなさい。」……「私はお父様を世界で一番愛しています、それはこの地球よりも重いものです。」等と言い、リーガンは「私はお姉様の千倍も万倍もお父様を愛しています。」と大袈裟に言う。リア王は喜び、一番可愛がっていたコーディリアがなんと言うか期待する。コーディリアは自分の信念に従って、「私はお姉様達のような言葉では言えません。」と言う。リア王は期待はずれにがっかりして立腹し、「それでは領土を分けてやる訳にはいかない、かねてより婚姻の申し出があったフランス王の許に嫁ぐが良い。」と言い放つ。この場面でリア王役の正一は練習最終場面でのコーディリア役、美智子の強烈な熱演を思い出し、思わず涙が出そうになったが必死で堪えていた。

ケント伯が「王様、コーディリア姫の本心はもっと深いものですぞ！」と諫めるがリア王は「わしに反抗するなら城を出るが良い。」と忠臣ケント伯まで追放してしまう。その時、正一は楽屋袖口に立って出番を待って居たフランス王を見つけて、やるせない気持ちが少し救われたような気分になり、「オオ！　フランス王、よくぞお出で下された、ささ、こちらへお出で下され。」と舞台へ引き出した。

実はこの場面は従者2が「ただいまフランス王がお着きに成りました！」と告げてから始めるべき場面であったものをすっ飛ばしてしまったのである。後で従者2役の太蔵から「俺の言うセリフはたったこの一言だけだったんだ。今言おう今言おうと構えていたのに正ちゃんが飛び出して来たからドッ！と、成って俺はセリフを口の中でモグモグ言って終わってしもうたばい。」と責められる羽目に陥るのだが、とにかく場面は違和感なく続けられた。

リア王は「コーディリアには領土は持たせられないが、それでも妃に迎えて下さるか？」とフランス王に尋ねると、フランス王は心からコーディリアを愛していたので「勿論です、婚姻を許して頂き、大変嬉しく心から感謝致します。」と礼を述べてコーディリアと共に退場し、

第一幕が終わる。

第二幕。

リア王がゴネリルの城を訪れると「もう私の所には来ないで、リーガンの所に行って下さい。」と追い出されてしまう。怒りに満ちたリア王は「なんたる娘だ、もう二度と来ないぞ。」と言い放ち、リーガンを訪ねる。リーガンは「ゴネリルお姉様こそお父様の面倒を見るべきです。お姉様の所に行って下さい。」とにべもなく突き返す。リア王は怒り心頭に発して荒野に飛び出し、「アアアー！　風よふけー！　嵐よ吹き荒れろー！　この地上の物を吹き飛ばせー！」と狂い、彷徨い続けながら第二幕が終わる。

第三幕。

いよいよクライマックスの熱演の場面だ。

リア王がベッドに横たわり「アアー！　わしはなんたる愚か者だ。皆に見捨てられてこの荒野の屍と成り果てるとはーーー。」と後悔している。そこにコーディリアが駆け付ける。「お父様アーーー！　しっかりして下さアーーーイ！　コーディリアがお迎えに参りましたアーーー！。」ここで正一は堪えていた涙がドット溢れ出た。「ウオオオオーーー……コッコーディリアかアーー！　スッ済まなかったーーー！　ワッワシが間違っていたーー！　ユッ許してくれエーーー！　コッコーディリアーーー！。」「お父様アアアーーー！。」「コッコーディリアーーーー！。」「お父様アアアアーーーーーーー！。」

この時、美智子の涙がポタポタと正一の顔に落ちて来た。やや静寂の間が有って幕が閉まり、ドドドッという感じの拍手が聞こえて来た。鳴り止まない拍手を聞きながら、正一は起き上がり、美智子に「凄い迫力だったよ！　ほら美智子の涙がこんなに。」と言って顔の上で自分の涙と一緒になった美智子の涙を指さした。美智子は劇の余韻とハニカミ笑みがごっちゃになって顔をクシャクシャにしながら首を横に振って答えた。涙を手で拭って二人で舞台袖に行くと丸山先生が待っていた。「とっても良かったよー！　お客様がねー、あちこちでハンカチを目に当てて居られたよー！　本当に良かった！。」と、感想を言って下さった。ようやく緊張感から解放され、美智子と正一は顔を見合わせて普段の無邪気な笑顔に戻って居た。

卒業式

卒業記念演芸会が終わってその翌週の金曜日、卒業式を迎える日と成った。その日の朝、正一と庄三が居る所に金太が「ニュースだ！　ニュースだ！」と叫びながら駆け込んで来た。「どげんしたと?·」と正一が尋ねると「丸山先生と加山先生が結婚するらしかばい。」と一気に喋った。「エエーッ!、ほんなこつか?　そりゃどげんして分かったとや?」と聞くと「さっき職員室の廊下を歩いとったら校長先生が丸山先生と加山先生二人に「お目出度う御座います、それで結婚式はいつに?」と聞いちょったけん間違いなかばい。」と答えた。

庄三が「ヒェーッ!　そーうか、加山先生があげーん大汗かいて、鼻歌を歌いながらリア王劇の舞台装置ばセッセと作りよんなさったとはそげなこつに成っちょったけん、ヤタラと気合いが入っちょったとばいなー!」と感心しきりであった。丁度そこへ美智子と良子、梢がやって来たので正一が実はこうこうしかじかに成っとるごたるよ。と話すと三人とも顔を見合わせて「エエーッ!」と驚きの声を上げ、仲間の所へ飛んで行って凄い勢いで伝え始めた。噂はアッという間に広まった。

卒業式は卒業証書が手渡されて校長先生、来賓の祝辞が終わり、最後の別れの歌「仰げば尊し」の歌を歌い始めた、その時、丸山先生がしきりにハンカチを目に当てて居られる姿が正一の目に映った。正一の一列横に居た美智子の顔を見ると美智子の頬にも涙が伝わっていた。歌詞が最後の節「今ーこそー別ーれ目ーいざーさらーば。」の件に来ると良子も梢もそしてほとんどの女の子は下を向いて涙していた。正一も色々な出来事を思い出し、思わず目が潤んでしまった。

「これで卒業式を終わります。一度、教室に戻って各自自分の物を忘れないように持って帰って下さい。それでは解散します。」と教頭先生の声がして、皆、我に返り、三々五々、教室に戻った。正一は「皆ー！　ちょっと聞いてくれー、今から丸山先生に御結婚の御祝いを黒板にそれぞれ一言ずつ書いて御祝いしたらどげんかね？」と提案した。「サンセーイ！」との返事で皆一斉に取り掛かった。正一が黒板の真ん中に大文字で「丸山先生御結婚お目出度う御座います。」と書き、絵の上手な美智子が花束の絵を両脇に描き、皆は空いた所に感謝の言葉や御祝いの言葉を思い思いに書いた。ほぼ出来上がり、美智子、良子、梢が代表で丸山先生を迎えに行った。やがてドアが開いて丸山先生が教室に入るや否や、「丸山先生、御結婚、お目出度う御座いまーす！」と一斉に声を揃えて叫んだ。丸山先生は目をまん丸くして「エエーッ！」と驚きの声を上げ、黒板をしばらく眺めて居られたが後ろ姿の両肩が震えていた。ややあって、ハンカチで涙を拭ってから皆の方に向き直り「有難う！　皆さんの気持ちをしっかりと受け止めます。皆さんは明日から中学生に成ります。これから色々な出来事に出会うでしょう、嬉しい事、楽しい事、悲しい事、苦しい事、そして登り切れないような急な坂道に行く手を阻まれるような時が来るかも知れません、そんな時には一度後ろに戻って勢いを付けてから再び駆け上るのです、そうすればどんな困難な坂道も登れるように成るでしょう。皆さんが後ろに戻って来る所には私も居る事を忘れないで下さい。私は今日のこの日を一生忘れません。皆さんの行く道が幸せで有るようにずっと祈り続けて居ます。希望と勇気を持って中学生に成って下さい。今日は本当に有難う、それでは皆さん、忘れ物が無いようにそれぞれ自分の物を持って帰って下さい。御機嫌よう、さようなら。」と言って教室を出ようとした。と、その時、美智子が「先生！」と言って丸山先生に駆け寄ったのを合図に女の子は皆ワッと駆け寄り、泣きじゃくりながら先生にしがみついた。

男の子は遠巻きに集まり、「先生！　いつまでもお元気で居て下さい。」とか「幸せに成って下さい。」とか叫んでいたが、しばらくして丸山先生は「皆、有難う！　さあーこれから皆、小学生を卒業して中学生のお兄さん、お姉さんになるのよ、最後は握手をしてお別れしましょう。」と言って、近くの子から手を取り握手して「元気でね！」と言いながらクラス全員の子達と握手をし終えて、手を振りながら教室を後にした。皆は「先生！　さようならー！」と言いながら手を振ってお別れした。

田主丸昭和中学校入学式

四月第一月曜日、今日は田主丸昭和中学校入学式の日である。正一と庄三が会場の体育館で入学式が始まる時を待ちながら雑談をしていると「タマゲタ！　タマゲタ！」と叫びながら金太が駆け込んで来た。「なーんが有ったと?」と正一が聞くと、「あの三角丘のお姫様が又出た!」と語気を強めた。「エエーッ! 何処でや?」と聞くと、「職員室に出たばい。」と言う。「職員室ー!?」と正一と庄三が声を揃えた。?・?・?・、やや有って正一が「と、いう事は、あのお姫様は中学校の先生っちゅう事に成るばい。」と言うと、庄三が「そうたい、それじゃけん、あげーん標準語ばしゃべっとったとは、そげな訳じゃったとたい。」としたり顔で頷いた。

入学式は校長先生の歓迎の言葉から来賓の祝辞など式次第が進んで、教頭先生からクラス担任の紹介が有り、併せて担当教科も告げられた。なんと! あのお姫様先生が正一達一組の担任で名前が姫野英子先生、英語担当である事が分かった。一通りの紹介が終わり、「これで入学式を終わります。各自決められた教室に行き、担任の先生と顔合わせをして下さい。解散!」との声でそれぞれ教室に向かった。一組には正一、金太、庄三そして美智子が居た。教室に入ると約五十名程の生徒が異なった三つの小学校から来て居たのでおよそ三分の二は新顔であった。しばらくして姫野先生が教室に入って来られた。「皆さん今日は! 私は担任の姫野英子です。宜しくお願いします。皆さんとは初顔合わせですのでこれからアイウエオ順に一人ずつ名前を読み上げます。呼ばれたら返事をして起立して下さい。それでは合原順治君!」と始まり、やがて正一の番が来た。「石川正一君!」「ハイ!」と答えて立ち上がると姫野先生はまじまじと正一の顔を見て「フッ!」と笑った。あの三角丘の出来事を思い出したのだ。正一もハニカミ笑みを返した。金太と庄三の時も姫野先生の顔に一瞬、笑みが浮かんだ。

全ての生徒達との顔合わせが終わると「今日はこれで終わりますが明日から授業が始まります。時間表に従ってそれぞれ予習をして来て下さい。それから、中学校ではクラブ活動が始まります。入学の栞に書いて有りますので、良く考えてどのクラブ活動に参加するかを決めて来て下さい。それではこれで終わります。起立！　礼！」と言って、別れの挨拶が済むと姫野先生は教室を出た。

皆はそれぞれ顔見知りの者同士、連れだって帰路に就いた。帰り道、正一は美智子にあの三角丘での出来事を一部始終、話して、「実はそのお姫様が今日の姫野先生だったんだ。」と、話をすると美智子は「ヒエー！　そりゃーほんとタマゲタ話たいねー。」と、驚いた。更に「道理で正一が名前を呼ばれた時に姫野先生が「フッ！」と笑った訳が今分かったわ、今まではアン時、正一がよっぽど戯けた顔ばしとったとばかり思うとったとよ。」と、言う。そして「フフフフッ！」と、笑い始めた。「こげな風に鼻をつまんでいっけんけんで三人そろうて走り回っちょったとたいねー、アッハッハッハッハッ。」と笑い転げた。正一も照れ笑いをしてしまった。美智子は「私、姫野先生が好きになれそうだし、クラブ活動は英語クラブにしようかなと思うとるとよ。」と言った。正一は「実は僕もアメリカに興味があるけん英語クラブにしようと思うとったとたい。」と意の内を明かした。そうこうする内に美智子の家の前まで来たので、「じゃあ又ねー。」と言って別れた。

美智子の英語スピーチ

姫野先生の英語の授業はとても厳しかった。宿題はいっぱい出たし、新しい単語は必ず辞書で調べて予習をして来るように求められた。正一は付いて行くのに精一杯であったが、美智子は楽しそうにこなして居た。その頃、美智子に付いたあだ名が「カマボコ。」であった。ひとたび机に付くや、ベッタリくっ付いて離れないというものである。真にこの調子で英語の習得は誰よりも早かった。英語クラブでは英語の歌を歌ったり、英語劇を演じたりして楽しいものだった。

やがて三年生と成り、新学期を迎える頃と成った。姫野先生から「今日は英語クラブの恒例行事の一つとして大事な話が有ります。二学期の十一月に県内で中学生による英語スピーチコンテストが有るので本校も参加します。ついては三年生の皆さんはそれぞれ題名とスピーチ文を先ず日本語で練り上げてから英文に翻訳して下さい。その英文を私が添削します。そしてその中から代表選手と補欠選手を選びます。宜しいですね、まだ時間が有るので五月末までには纏めて下さい。」とのアナウンスが有った。

　正一は何を話そうかとあれこれ悩んで居たが、美智子は早々と五月初めにはもう纏めて居た。五月末も押し迫った頃、ようやく正一も纏める事が出来た。六月第三週目の英語クラブの時間に、姫野先生から添削済みの原稿が返され、講評が有った。「皆さんの原稿には数々の興味深いスピーチ内容が有りましたが中でも飛び抜けて感動を覚えた作品が一つ有りました。それは橘美智子さんの作品です。よって、スピーチコンテストには橘美智子さんに正選手になって頂きます。なお補欠は石川正一君に努めて頂きます。それから皆さん一人一人の講評を原稿裏に書き込んで有りますので、良く読んでおいて下さい。最後に橘さんと石川君の作品はスピーチコンテストが終わるまで非公開にしておいて下さい。二学期に入ったらスピーチの指導を始めますので夏休み中に暗記して練習しておいて下さい。以上です。それでは今日はこれで終わります。」と言って教室を出られた。美智子と正一は、汗をかきながらも暗記とスピーチ練習の夏休みを乗り切った。

　二学期が始まり、九月第一週の英語クラブで、いつものルーティンが終わると姫野先生は美智子と正一を別の空き教室に案内し、二人はそこで非公開の形でスピーチの練習と指導を受ける事に成った。先ず美智子から試しのスピーチを一通りする事に成った。正一は美智子のスピーチを聞くのは今日が初めてだったので興味津々、胸がワクワクして居た。「それでは始めて下さい。」との姫野先生の合図で美智子は流暢に語り始め、一気に最後まで語り切った。終わるや否や正一はその内容に対して感激の余り、思わず立ち上がって「スゴーイ！」と言いながら拍手をして居た。スピーチの内容を日本語で言うと、こうだ。

題は「カッパからの贈り物。」

「私は小学校六年生の時、たまたまお寺の和尚様から興味有るカッパの話を聞く機会が有りました。和尚様は『昔々、カッパがヒマラヤ山系の麓、パミール高原を流れる河に住んで居たが、ある時、一大決心をして河を下り、海に出て九州熊本にたどり着いた。その後、田主丸という町が楽しく生まれる町と言う意味であり、平和で自由にそして幸せに暮らせる町だと分かって、田主丸にやって来た。その時九千匹ものカッパを引き連れて来た頭領が九千坊カッパと言う名の由来であった。以来、カッパ達は幸せに暮らせる様になり、皆で相談して自分達を受け入れて呉れた町の人達に感謝の贈り物をする事に成った。その贈り物というのは〝貴方の幸せを心から願う真心〟であった。だからカッパを理解する田主丸町の人達は皆この〝貴方の幸せを心から願う真心〟を持つ事と成った。』という話をして呉れました。

私はこの話を聞き、大変感動しました。そしてこの事をもっと深く考える様に成りました。私達人間は生まれた時、両手、両足、両目、両耳等、二つが互いにバランスを取ったり、補い合ったり、助け合ったり、物事を立体的に見たり、聞いたり、様々な事が出来るように成っています。では私達の心はどうでしょうか？　生まれながらに持っている心は自分を大切にし、自分の幸せを願う自分中心で自分本位の行動を取ってしまうような一つの心しかないのでしょうか？　いいえ、それはカッパが気づかせて呉れたように『貴方の幸せを心から願う真心。』が誰にも必ず備わっていると信じたいのです。何処にそのもう一つの真心が在るのでしょうか？　私は自分自身を良く見つめ直して見ました。私が生まれ立ての赤ん坊の頃、生きる為の本能で母乳を求め続けたある日、母の慈愛に満ちた笑顔に気付き、笑顔を返す日が来たのです。そしてこちらから笑顔を送ると必ず笑顔が返って来ました。この事は周りに居た父や兄弟、親戚、そして近所の人達とも同様に幸せの笑顔のやり取りが出来たのです。ここにその芽生えが在ったと思います。二つ目の心、『貴方の幸せを心から願う真心。』は生まれた時は小さな種として心に備わって居たのです。そして周りの人から慈愛に満ちた笑顔の水を受ける事によってその種が発芽したのです。しかし、残念ながらそれから成長するに従ってその真心はもう一つの心、『自分の幸せを願う心。』によって覆い隠された日々を送る事が多く成ったように思います。物を欲しがった時とかケンカをした時とか争い事をした時等、私は自分の幸せを追い求める行動を取って居たように思います。このような行動をもう少し突き詰めて考えて見ると、学校や友達との付き合いの中でよく見られる『イジメ』の原因もここに在るように思います。もし『貴方の幸せを心から願う真心。』が大きく育って居たなら決してそのような『イジメ』は出来ないはずです。更に争いが個人対個人から家族対家族、集団対集団、国家対国家へと広がった場合、集団心理とも相俟って戦争へと繋がってしまう恐ろしい根本原因が実はここに根ざしているように思うのです。ではどうすればこの悲惨な戦争をしないで済むように成るのでしょうか？　それは『自分の幸せを願う心。』と、もう一つの大切な心『貴方の幸せを心から願う真心。』が両手、両足のように同じ大きさに成長するように毎日の生活を送ると言う事に尽きると思います。もし、誰もがこのように成長する事が出来るならば、両手、両足が互いにバランスを取り合って助け合い、補い合うように、どんな難しい問題も話し合いによる解決が出来るのではないでしょうか？　私はいつの日かこのように成長する人々が世界中に満ち、戦争が永遠にこの地球から消え去る日が来ることを祈り続けたいと思います。ご清聴有難う御座いました。」

姫野先生は何度か大きく頷き「これから少しずつ単語の発音とイントネーション、リズム等を直して行きます。初めから一文ずつ区切ってスピーチをして下さい。」との合図で先生の指導が始まった。先ずは単語の発音が一通りチェックされ、時間の都合で他の指導は来週以降に行われる事に成った。正一も同様に指導して戴いた。姫野先生の指導は回を重ねる毎に熱を帯び、厳しさも増し加わった。十月最終週にはほぼ完璧と思われる程に仕上がって居た。

十一月の第二日曜日、久留米市内の公会堂で中学生英語スピーチコンテストが行われた。審査員席には日本人三名と二名の外人が着座して居た。十六校が参加して、代表一名ずつの英語スピーチが披露され、順番が進んで、いよいよ美智子の番が来た。

　美智子は充分練習して来たので落ち着いている様に見えた。一礼して一回り会衆を見回してからスピーチを始めた。流暢に、しかしポイントの「貴方の幸せを心から願う真心。」という件ではトーンとボリュームを一段上げて訴えた。この辺りでは審査員の人達が頷いて居るのが見えた。スピーチの終盤ではこの頷きが一層深く成って居た。ラストの「サンキュウ。」でスピーチを終えると、一瞬の静寂の後、どよめきと万雷の拍手が起こり、しばらく鳴り止まなかった。美智子は深く一礼してステージを降りた。残り二名のスピーチが終わると審査集計の為に二十分間の休憩が告げられた。時間が経ち、入賞発表の時が来た。佳作賞から始まり優良賞、優秀賞、そして最優秀賞がコールされた時、橘美智子の名前がアナウンスされた。「ワーッ！」という声とドドドッという拍手の渦に巻き込まれ、美智子は姫野先生に抱き付き「先生！　有難う御座いました！」と言いつつ大粒の涙を流していた。姫野先生は優しく美智子の背中を叩きながら「良く頑張ったわねー！　お目出度う！」と祝福した。正一はといえば、「スゴーイ！　スゴーイ！　お目出度う！　お目出度う！」を連発して小躍りして居た。

　その日の帰り道、美智子は「こんな賞を頂いて、とても嬉しいんだけど、私の小さな祈りが天の神様、仏様に届いて、イジメや戦争が無くなる日が早く来るように成ればそれが一番嬉しいです。」と言った。姫野先生は「私達もその祈りを祈り続けましょう。美智子さんは池の水面に小石を投げ入れたのですよ。波紋は自然に広がって行きます。明日に希望を持って楽しみに生きて行きましょうね。」と言われた。正一はウンウンと頷き、そう祈り続ける事を心に誓った。

第二章　別　離

美智子の手紙

正一と美智子は高校生活では別々の生活を送る事に成った。正一が男子のみの高校に進学したからである。美智子は男女共学の高校に進学した。

正一は、三年間の高校生活が過ぎ、上京して大学一年生に成った頃のある日、美智子から「石川正一様御前に」という脇付の宛名書きが付いた手紙が届いた。正一は「御前に」という脇付の付いた手紙を貰うのは初めてだったので懐かしさと共にどうしたんだろう?と一抹の不安と疑問がよぎる中、封を切った。

そして読み進む内に段々、心臓の鼓動が高まって行くのを覚えた。要旨は「英語教育に優れた大学で学んで居たが、色々な事情が重なり、学業を中退して結婚生活に入る事に成りました。正一様のご発展とお幸せを心から祈って居ります。」という主旨であった。正一は「ガーンン！」と鳴るお寺の梵鐘の中に身を置いた様な衝撃と、無思考の余韻の中で呆然とした時間だけが過ぎて行くのを押し止める事が出来なかった。かなりの時間が過ぎて、ようやく気を取り戻し、「思慮深い貴女が選んだ人生に心からのエールを送り、豊かな幸せが末永く有りますよう、祈っています。」としたためた返事を出すのが精一杯であった。

その年の盆休みに正一は久し振りで帰郷した。翌日、平原公園に登ってみた。道すがら、金太や庄三と戯れた三角丘の出来事等を思い出しながらいつの間にか平原公園にたどり着いて居た。鬼ごっこや谷川での水汲みに居た美智子の面影がすぐそこに居た。正一の心に開いた大きな穴を吹き抜ける風は夏なのに寒かった。寂寥の疼きが冷凍庫に成って居た。美智子の優しさが一層愛おしく、リア王劇のコーディリア・美智子の熱演が思い出されて正一の心を温めて呉れた。「そうだ！　あの美智子の素晴らしい英語スピーチは情熱に満ちて居たではないか、あの時の祈りは今もお前の心にしっかりと根付いて居るはずだ、美智子はお前の心の中に居る。」と、正一は心の中で叫んで居た。眼下の筑後平野を眺めると丁度、蒸気機関車が列車を引っ張ってモクモクと黒煙を吐きながら「ボーオーッ！」と汽笛を鳴らして「シュッポシュッポシュッポシュッポ。」と力強く西から東に向けて走って居た。「そうだ！　あの蒸気機関車が進み行く東の果てには太平洋が有り、その向こうにアメリカが有る。」と、呟いた時、小学四年生の頃、進駐軍が車列を組んで田主丸の県道を行進していた際、町中央付近で車列が止まり、休憩を取っていたアメリカ兵の事を思い出した。

アメリカ兵達は車を降りて、道路脇でタバコを吸ったり喋ったりして寛いで居た。正一は金太や庄三達と物珍しくその様子を眺めて居た。すると一人のアメリカ兵が正一達を見てポケットから何やら御菓子らしき物を取り出して、「ヘイ！　キッズ！　カムオン！　コチラエオイデ！」と言って手招きした。正一達は初めは躊躇していたが先ず金太がオズオズと進み出るとその御菓子を手渡して呉れたので皆も安心して近付いて行った。六〜七人居た子供達にそれぞれチョコレートを小分けして配り、「ユーノウ、ジィス、ソング？」と言って歌い出した。「ショウ、ショウ、ショウジョウジ、ショウジョウジノニワワ、ツンツンツキヨダ、ミナデテ、コイコイコイ、オイラノ、トモダチャ、ポンポコポンノポンポンポン！」と歌いながら戯けた様子で手招きしたり、お腹を突き出しては腹鼓を打って見せた。皆、「アハハハハハー！」と無邪気に笑い転げた。そうこうしている内に「ピー！」と笛の音が聞こえ、出発の合図が鳴るとアメリカ兵達はそれぞれのトラックやジープに乗り込み、手を振りながら「バイバイ！」と言って走り去って行った。正一達も力一杯手を振りながら「バイバーイ！」と見送った。あの底抜けに明るい、そして自由を感じさせるアメリカ人の祖国「アメリカ」とはどんな国なんだろうと思った。「お前もいつかアメリカに行って、自由の源を見て来るのだー！」と、機関車のエネルギーを貰って叫んで居た。いつの間にか正一の心は温かく成って居た。

再起

正一は東京に戻ると「自由の国、アメリカを見に行く事。」を目標の一つに定めて学生生活に元気を取り戻して居た。そんな或る日、人生最大の問題と向き合う事に成った。「生と死。」の問題である。

その日、身内の一人が亡くなり、葬式に出た時、それは突然、やって来た。火葬前のお別れと火葬後の白骨化した姿を見た時である。火葬前まではまだ語り掛ける事が出来たが火葬後の白骨化した姿には何も語り掛ける事が出来なかった。死を境にしてそれまで生きていた命、魂、心……全てが消え去り、消滅してしまうのか？という絶望感である。もし、消滅してしまうものであるとすれば生きる意味は何？と問うネガティブな疑問が湧いて来た。その頃、友人の一人、山田博とはこのような問題をよく語り合って居た。

彼は日曜日にはキリスト教会の一つ、ルーテル教会に通っていた。博は「君の疑問にはイエス・キリストが明快に答えて呉れると思うよ、教会に行ってみないか？」と、誘った。かねてから正一はキリスト教会には遠巻きながら興味を持って居たので行って見る事にした。博と日時を示し合わせて日曜日に新宿区新大久保のルーテル教会を訪れた。その日は丁度復活祭の日であった。年配の牧師さんが説教で熱く語る話に正一は大きな衝撃を受けた。

「イエス・キリストは皆さん一人一人の全ての罪を背負い、皆さんの身代わりに成って十字架に付けられ、全ての罪を十字架上で滅ぼし、神様と貴方の間を取り持ち、離れていた神様と貴方の間をしっかりと結び合わせて絆を結び、自らの死をもって全てを贖い、三日の後に復活した姿を示す事によって私達人間の死の絶望から生きる希望へと導く大きな大きな役割を果たされた方であり、神様であります。そしてイエス・キリストは永遠の命を得て、聖霊と成り、今も生きて皆さんの側に居られます。」と言う内容であった。

　正一はモヤモヤしていた物が一気に吹き飛び、晴れやかな青空を見ている様な気分であった。それから正一は日曜日には教会で話を聞くことが楽しみに成った。死の絶望感からの解放は大きな壁を突き抜けた喜びであったが、あの日語られた「罪」とはどういう事か？という疑問が湧いてきた。社会生活の中で言う犯罪だけでは無い、もっと深い根本的な罪の源みたいな何かが有るように思えて、その事を牧師さんに問うてもみた。

「罪とは象徴的にはエデンの園に居たアダムとイブが神様に禁じられていたリンゴの果実を取って食べた事により、エデンの園から追放された事に端を発していますが、これが今生きている人達、私達に取ってどのように関わっているかと言う事が大切な事です。エデンの園から追放された人間は神様に背を向けて生きる存在と成り、神様の光を背に受けて生きている状態に成って居ます。神様の方を見ない、或いは神様を知らない世界では、神様から送られた光を背に受けて、見えるのは自分の陰です。陰、つまり闇を追いかけて生きる生活は自分の自由意志に基づく人生です。その自由意志の中に『罪』が潜んで居ます。他人の迷惑を顧みない自分中心の生き方、つまり『利己主義』です。これが『いじめ』や『争い』を生み、集団や国家レベルに成ると『戦争』へと突き進んでしまう事に成るのです。闇の人生の果てには『死』と言う絶望が待って居ます。さて、ここで神様から送られて来る『光』とは何でしょうか？　それは神様の『愛』です。神様は私達一人一人の幸せを心から願って居られるのです。神様、ここでは分かり易く『父なる神様』と呼びましょう、『父なる神様』は身を以て『愛』を示す為にご自分の一人子であるイエス・キリストを十字架に付ける事によって、私達を『罪と死の絶望』から救い出す事を成し遂げて下さいました。先日、復活祭で話しました『十字架の出来事』はこのような事を含んでいるのです。ですから神様の方を向いて生きて行く人生にするかどうかは貴方が『十字架の出来事』を受け入れて生きて行くかどうかという事です。」

正一は大きく心を揺さ振られて居た。特に「貴方の幸せを心から願う心。」とは美智子があの英語スピーチコンテストで熱く語ったメインテーマと一致しているではないか！　この事が更に共振を起こして大時計の振り子にぶら下がり、もうどうにも止まらないという感じであった。その年のクリスマス聖日、正一は洗礼を受けた。

自由の国、米国へ

正一は大学卒業の年、教会の掲示板に「米国留学の案内。」という留学生募集の要項が掲示されているのを見た。米国キリスト教会団体が受け入れ先と成って日本から若いキリスト教信者を数名留学生として受け入れるというものである。費用は全額給付と成っていた。正一は駄目元で早速、牧師に相談した。すると「直ぐ応募してみなさい」との返事であった。必要書類を整え、応募した。後日、英語のテストが有り、数日後、合格の通知を受け取った。正一は予てからの願望が実現する事になり大いに胸を膨らませた。

翌年六月、飛行機で日本を出発し、ミシガン州に到着、ミシガン大学工学部修士課程に入学した。新学期は九月であるが七月上旬から八月下旬まで外国人の為のサマースクールが用意されており、主に語学力向上と世界中から集まった留学生達の文化交流プログラムが組み込まれていた。

受け入れプログラムに沿って家庭訪問等、見る物、聞く物全てが真新しく、活気に満ちた生活がそこ、ここに見られた。牧場を営み酪農も兼ねた農家を訪れた時には茄子、胡瓜、南瓜等が、日本産の何倍も有ろうかと思える程、どでかく実っており、特に南瓜はコンテスト用にと子供の背丈にも迫ろうかと思える位巨大に育てられている野菜には驚嘆した。食事のパンやステーキもとにかくデカイ！　料理の味もデカイ！（大味である）話題もなにしろデカイ、「アメリカでステーキを食べるなら牛一頭あげるからマアー腹一杯食べていきな。」てな、調子である。人の心もデカクて寛大、寛容であり、暖かく迎え入れて戴いた。

正一は終戦後、食糧難の時代、小学校の給食に毎日出たパンと牛乳（脱脂粉乳をお湯で溶いた物）がこのようなアメリカ農家の人達からの贈り物で有った事を思い出し、今、自分の血、肉、骨に成っている事を伝えて、心からの感謝を述べた。

八月も終わりに近づいた或る日、受け入れプログラムの一つとして文化交流プログラムを実施する事に成った。各国文化の一端を披露する為に歌、踊り、楽器演奏等から少なくとも一つは披露する事と成り、日本は皆で相談して阿波踊りを披露する事に成った。そして一度模範演舞を披露した後は会場から自由に参加して貰って一緒に成って踊り、盛り上げようと言う事に成った。幸い徳島出身の人が居て、準備は全て順調に運んだ。

いよいよ当日と成り、観客は誰でも参加出来るフリー・オープンであったので会場はかなりの盛況であった。日本の出番と成り、模範演舞の後、一般参加を呼び掛けると予想以上の大勢の人達が参加して大賑わいと成った。一度踊り方を覚えると皆、面白く成ってアンコールを繰り返し、中々終われない程であった。世話役をしていた正一は「ラスト・ワン！」と大声で叫び、ようやく終わって拍手喝采が鳴り止まなかった。

そんな中、正一のすぐ前で踊っていた若いアメリカ人女性が流暢な日本語で語り掛けて来た。「私はジェーンと言います。私は二年間日本に留学して居ました。そして今この大学に復学していますが、日本ではホームステイをしてその家族の方から、たくさんの事を学び、又大変親切にして戴きました。だから日本の方には何か出来ることが有れば何時でもお手伝いしたいと思っています。今日は大変楽しかったです。これからどうぞ宜しく。」と言って握手をして来た。鼻筋が通ってギリシャ彫刻から抜け出して来た様な色白の美しい人だった。正一も名乗って「どうぞ宜しくお願いします。」と言った。互いに連絡先を交わしてその日は別れた。

サマースクールが終わり、新学期が始まって数日後、正一は学生食堂でジェーンとばったり合った。同席して先日の阿波踊りやジェーンの日本生活体験で、おもてなしの心や一期一会、茶道など失敗談も交えて面白く、楽しく語り合った。正一はアメリカに来た目的の一つ、「アメリカの自由の源を見てみたい。」と、語った。

ジェーンは「うーん……。」としばらく考え込み、「何か良いお手伝いが出来るか、少し調べて見るから、この次お会いする時まで楽しみに待っててね。」と言った。正一は恐縮したがジェーンの気持ちが嬉しかった。後日再会した時、手帳にビッシリ書き込んで来て、アメリカ歴史の重要な出来事の節目に示された自由の精神を面白く語って呉れた。

「コロンブスのアメリカ大陸発見に端を発し、当時の列強国、イギリス、フランス、オランダ、スペイン、スウェーデン等が次々と東海岸沿岸各地に植民地を築く最中、イギリス国教会から弾圧を受けていたピルグリムファーザーズ（巡礼始祖）と呼ばれる清教徒達、百二名が自由を求めてメイフラワー号帆船に乗り、イギリス南西部、プリマスからアメリカに向けて出航したの。約二ヶ月余りの苦しい航海を耐え抜き、ようやく北東部マサチューセッツ州、プリマスに到着したの。プリマスを出てプリマスに着いたのよ！　しかし、そこは見渡す限りの荒れ地で真に厳しい自然環境下に在り、食料も乏しく、最初に迎えた冬の厳しさの中で約半数の者が命を落としてしまったの。そんな中、先住民インディアンが彼等の窮状を救い、助けて呉れたので五十名程の者が生き延びる事が出来たのよ。彼等は自分達の自由社会を建設しようと懸命に働き、荒れ地を開墾して次の秋にはたくさんの収穫に恵まれたのよ。彼等は早速インディアンを招待して、心から感謝し、食前の祈りを捧げて一緒に食事をしたの。これがアメリカの祝日、感謝祭（十一月の第四木曜日）の始まりだったのよ。彼等こそアメリカの自由精神を育んだ源だったと思うわ。その後、母国ヨーロッパで英仏戦争が勃発すると北米植民地でも植民地同士の戦争が起こり、インディアンも巻き込みながらの北米植民地戦争はイギリス側勝利と成ったのよ。イギリスは北米東海岸を制圧して内陸へも領地を拡大して行ったわ。そして本国ヨーロッパでの英仏戦争の戦費を調達する為に北米植民地には様々な重税を課したのよ。これには自由を求めて入植した人々は当然、反発したわ。植民地側は色々抵抗したけど、遂にボストン茶会事件（ボストン市民がイギリス貿易船の積荷で、重税を課された紅茶箱を海に投げ捨てた事件）が起きると、イギリスは激怒して、植民地側との紛争状態に成り、これが後にアメリカ独立戦争へと進展する事に成ったの。この時、植民地側は十三の植民地がフィラデルフィアに集まり、団結してアメリカ合衆国の礎を築き、イギリス軍と戦ったの。ワシントンが率いる植民地軍は優勢に戦いを進め、その最中、一七七六年七月四日、大陸会議でトーマス・ジェファーソンが起草したアメリカ独立宣言を採択し、アメリカ独立宣言が行われたのよ。その宣言には自由、平等の基本的人権が盛り込まれており、アメリカの自由精神の礎がそこに在ると思うわ。一七八一年、ヨークタウンの戦いで植民地軍が勝利し、一七八三年、パリ条約により、イギリスは遂にアメリカ合衆国の独立を認めたわ。これでアメリカ合衆国はイギリスから自由を勝ち取ったのよ。この事は後にフランス革命の刺激にも成ったと思うわ、一七八七年、アメリカ合衆国憲法が制定され、一七八九年、ジョージ・ワシントンがアメリカ初代大統領に選出されたわ。だけどアメリカに取って真の自由を享受する為にはもう一つの大仕事を成し遂げねばならなかったのよ。それが奴隷制度廃止だったの。リンカーンが第十六代大統領に成って長い苦難に満ちた南北戦争に勝利し、一八六五年十二月、奴隷制を絶対的に違法と定めたアメリカ合衆国憲法修正第十三条が最終的に批准され、憲法に書き加えられた事によりそれはようやく達成されたわ。リンカーンはこの事を既にゲティスバーグの演説で、『これはこの国における新しい自由の誕生であり、人民の、人民による、人民の為の政治が地上から消滅する事がなくなるのである。』と述べており、その言葉と共にアメリカの自由、平等、民主主義の精神が確立されたと思うわ。」ジェーンはここまで語ると一息入れた。そして言葉を繋ぎ、「ニューヨークに有る自由の女神とワシントンDCに有るリンカーン像は一度見た方が良いわね、特にワシントンDCは春が一番ね。」と言って呉れた。

正一は感激してジェーンの手を握り「有難う！ 必ず見に行くよ。」と、感謝した。そして「何かお礼がしたいんだけど？」と問いかけると「トンデモナイ！ 私は今、社会学を専攻して学んで居るので、これは私の為にも成ったのよ、アメリカの自由を切り口にして歴史を見直して見ると色々面白い事が分かって、とても楽しかったわ、私の方こそ有難う！と、言いたいわ。」と、言った。

そして「アア！ そうそう今度の土曜日にピクニックに行きましょうよ、道案内は私がするから。」と、言った。正一は「オーケーイ！ 車は僕が用意するから。」と、言って約束した。

次の土曜日、正一はレンタカーを借りてジェーンを迎えに行った。ジェーンは少し大きめのバスケットを持って出て来た。「ランチを作ったのよ。」と、言ってニッコリ笑った。正一は「ウワー！ 有難う！ 楽しみだなー。」と、言ってジェーンを車に迎え入れた。地図を見ながら今日の行程をジェーンが説明して呉れたので正一は大凡の行程を頭に入れた。車を走らせ、ジェーンの道案内で目的の湖畔に着いた。

「この辺りには幾つかの湖が有るけどこの湖が一番水質が良くて透明度が高く、きれいなのよ。」と、ジェーンが言った。成る程、水は澄み切っていて小魚が深い水深で泳いで居るのが良く見えた。「この湖にはウオールアイと言う目がギョロッとした大きな魚が居て、一メートルを超える程にも成るのが時々釣り上げられるのよ。」との話に正一は又々驚いた。なにしろアメリカは「デカイ」というイメージがこれで二乗に膨らんだ。しばらく水辺で遊んでから、

「さあーそろそろお昼にしましょう。」と、ジェーンが言うので木陰にシーツを敷いて楽しみのランチを頂いた。サンドイッチはツナをマヨネーズ和えにしてレタス、トマト、ハム、玉子等が挟んでありどこか日本で頂いた味を思い出すようなとても美味しい味だった。

「美味しいー！」と、感嘆の声を上げると、「実は日本のお母さんに習ったのよ。」と笑って答えた。「他にもいくつか日本料理を習ったから、その内御馳走するわね。」と、言って呉れた。

「有難う！　とても楽しみにしているよ。」と答えて、しばらく日本話に花が咲いた。ランチを食べ終わる頃、「私、今フルートを趣味にしているのよ、そんなに上手じゃないけど、二～三曲吹くわね。」と言ってフルートを取り出し、「グリーンスリーブス」を吹き始めた。静かな林と湖面に響き渡るフルートの音は優しくも物悲しく心を揺さ振りつつ美しく鳴り響いた。聞き

惚れている間にいつの間にか静かに終わっていた。正一はハッと我に返って「素晴らしい！。」と叫び、感動の拍手をした。ジェーンはニッコリ笑って、「この曲には美しい歌詞が付いているけれど後で教えてあげるわね。」と言い、「今度は日本の曲を吹くわね。」と、言って「荒城の月」の演奏を始めた。正一は目を瞑り、日本の荒廃した城で起きたであろう過去の栄枯盛衰を照らし続けて来た月明かりはこの湖面を照らす明かりでもあり、今この幸せな一時をしばし止めて呉れと願っても、地上の移ろいを止める事の出来ない定めが恨めしい……等と食後の睡魔に襲われて居た時、「正一！」と、言う天使の声に、ブルッとして目が覚めた。「ウフッ！」と、ジェーンが笑っていた。「アアッ！　ゴメン！　ゴメン！、あんまり美しい音色で、つい夢の世界に入り込んでしまって。」と、頭を掻きながら謝った。ジェーンは「いいのよ、フルートの音色を体全部で楽しんで呉れたんだから最も深く鑑賞していたとも言えるのよ。」と、微笑みながら言って呉れた。「もっと聞かせて。」と、正一がせがむと「埴生の宿」を吹き始めた。家庭の温かさが湖面を伝ってずーっと広がって行くような心休まる幸せな一時だった。曲が終わるとジェーンは「今度はちょっと変わった歌だけどアメリカ人の自由の魂を感じるような歌が有るから教えてあげるね、歌詞も簡単で、すぐ覚えられるから。」と、言って紙に歌詞を書いて呉れた。

「ヘイ・ホー・ノーボディズ・ホーム・ミートゥ・ノア・ドゥリンク・ノア・マニー・ハブ・

アイ・ナン・イエットゥ・アイ・ウイル・ビー・メーリ・メーリ・メリ・ヘイ・ホー・（繰り返し）……」「これは輪唱で歌うと、とても楽しいのよ。」と、言って手始めに歌って聞かせて呉れた。正一が二～三回歌って覚えた頃、ジェーンが「最初のフレーズ、ヘイ・ホー・ノーボディズ・ホームの所で次の歌い手が初めから輪唱を掛けるのよ。」と、説明し、「じゃあ輪唱で歌ってみましょう。」と、言ってジェーンが先ず歌い始めた。ジェーンの合図で正一も追い掛け、歌い始めた。リズムとハーモニーがうまく噛み合って、大変楽しく歌えた。二回繰り返して、最初のフレーズで終わるとハイタッチをして「ハーイ、上手く行ったわね。」と、ジェーンがニッコリ笑って言った。そして「この歌はね、家には誰も居なくて、一人ぼっちで、食べ物も、飲み物も、お金も、何にも無いけど、心はハッピーで元気なんだ。と歌っているその背後に、私には自由が有り、希望が有り、神様が居るんだ。と、言う無言の歌詞が隠れて居るように思うの。」と、言った。

「成る程！」と、正一は感嘆の声を上げた。「ここにアメリカ人の自由の魂が込められているんだねー。」と、言葉を繋いだ。それからしばらく経って、「さあー、そろそろ帰り支度をしましょうか?」と言うジェーンの合図で辺りを片付けて帰路に就いた。道中、覚え立ての歌を輪唱しながら楽しく帰って来た。

大学院での学業はかなりのハードワークであったが、二年予、卒業必須履修科目を平均合格点以上で終了し、秋学期終了時に卒業した。卒業の約一ヶ月前に日本の大手企業の就職係の方が尋ねて来て、「卒業したら当社に是非来て下さい。」との誘いが有った。正一は予てから心に決めていた事が有った。卒業して就職が決まったらジェーンに結婚を申し込もうと、思って居たのである。「就職しますので宜しくお願いします。」との返事を済ませて、上気しながらジェーンの住まいへと急いだ。

呼び鈴を鳴らすと、ルームメイトが悲しみを堪えた堅い表情で出て来た。「ジェーンが昨日、車で実家にクリスマス休暇の一時帰宅中、交通事故で急逝したのよ。」と、言って、「ワッ！」と、泣き出した。「エッ、ソッ、そんな、嘘だろ！」と正一は叫んでルームメイトの腕を掴んだ。ルームメイトは首を振りながら「本当なのよ！」と泣きじゃくった。正一は呆然として全身の力が抜け、そこにへたり込んでしまった。どの位、経ったか辺りは薄暗く成って居た。ルームメイトは部屋に引き籠もったようだった。トボトボと歩き始めたが頭がガンガン鳴っていて何処をどう歩いたか全く記憶に無かった。いつの間にか自室に帰って居た。ベッドに身を投げ出して楽しかったジェーンとの過ぎし日々を思い出すと、一気に涙が溢れてきた。「何故だ！　何故だ！　何故だーーー！」「どうしてこんな酷い事が起きてしまうのか？」何度も問うたが答えは無い。涙を枯らしながら一夜が過ぎた。翌日はほとんど何もする気力が出なかった。翌々日は日曜日で教会に出かけた。朝の礼拝が終わり、正一は祈り続けた。「神様、御心ならばジェーンを復活させて下さい。」と。しばらく経って牧師さんが側に来て座り、「大丈夫ですか？　宜しかったらお話を聞かせて下さい。」と、話し掛けて呉れた。正一は一部始終を話した。牧師さんは「一緒に祈りましょう。」と、言ってしばらく祈りを捧げて下さった。そして、「神様は時間を超越して居られますから神様の時が来た時、ジェーンさんを必ず復活させて下さいますよ。」と言って下さった。正一は心に一筋の光りが差し込んできた感じであった。「有難う御座いました。心が少し落ち着きました。」と、丁寧にお礼を述べ、堅い握手をしてお別れした。

年が明け、三月半ば、正一は旅に出る事にした。ジェーンが教えて呉れた自由の女神とリンカーン像を見る為である。

もう一つ大切な目的が有った。旅の途中、ジェーンのお墓にお参りする事である。ジェーンの実家がニューヨークへの途中に有ったのでレンタカーで旅する事にした。実家を訪ねると、ご両親が応対して下さった。これまでの経緯を話して是非お墓をお参りしたい、と、お願いすると、快くお墓へ案内して下さった。花束を供えて、目を閉じるとジェーンと過ごした日々が次々に浮かんできた。そしてジェーンが教えて呉れた歌「グリーンスリーブス」に思い至った。

歌詞は「アラース・マイ・ラーブ・ユー・ドゥー・ミー・ウロング・トゥー・キャースト ゥ・ミー・オーフ・ディスカーチャスリー・アンドゥ・アーイ・ハブ・ラーブドゥ・ユー・

ソー・ローング・ディラーイティング・イーン・ユア・カーンパーニー・グリーンスリーブス・ウオズ・オール・マイ・ジョーイ・グリーンスリーブス・ウオズ・マイ・ディライトゥ・グリーンスリーブス・ウオズ・マイ・ハートゥ・オブ・ゴールドゥ・アンドゥ・フー・バットゥ・マイ・レーイディー・グリーンスリーブス。」で、その意味は「ああ！　何と悲しい事か！　私が愛した貴女は私を悲しみのどん底に置き去りにしたまま、あの世に旅立ってしまった。貴女と一緒に過ごした日々は本当に幸せで楽しく、ずーっと愛に満たされ、愛し続けた日々だった。グリーンスリーブスよ貴女こそ私の幸せ、歓喜、そして私の心の最も大切な宝物だった。貴女こそ私が愛した、たった一人の愛しい人だった。」と云う事である。

正一はこの歌の歌詞、「グリーンスリーブス」を「ジェーン・ジェーン」と言い換えて、涙を浮かべながら、声を震わせつつ歌った。歌い終わって暫く無言の祈りを捧げ、「ジェーン！これから自由の女神とリンカーン像を見に行って来るからね、今まで沢山、沢山、有難う！」と、深い感謝の祈りを捧げてお別れをした。ご両親にも丁寧にお別れの挨拶をしてニューヨークへと旅発った。

ニューヨークへの旅路はジェーンと歌った輪唱、「ヘイ！　ホー・ノーボディズ・ホーム」を歌いながらジェーンも一緒に居て呉れた感じで楽しかった。ニューヨークには翌日夕方着き、ホテルに一泊してその翌日、自由の女神を見に行った。マンハッタン南端からフェリーに乗り、リバティー島に向かうと巨大な自由の女神像がズームインするように段々大きく見えて来た。「ジェーン！　いよいよ来たよ！」と、語り掛けながらリバティー島に上陸すると、「デカイ」が三乗に膨らんだ。頭の冠に有る七つの鋭い突起は世界七つの大陸と七つの海を示しており、右手に高々と掲げた、たいまつは自由の光が世界を普く照らし続け、自由、平等、人権、民主主義が世界の人々の幸福の土台と成る事を宣言している。左手に持つ銘板にはアメリカ合衆国独立記念日、一七七六年七月四日とフランス革命勃発の日、一七八九年七月十四日が刻印されている。足下には引き千切られた鎖と足かせを踏みつけて、あらゆる束縛、抑圧や弾圧からの解放を表している。アメリカ合衆国独立百周年を祝してフランスから贈呈された物だ。人類が長い年月と数え切れない多くの命を賭して到達した尊い自由の象徴である。流された多くの命のご冥福を祈ると共にこの到達点は決して後戻りさせてはならない物であるとの思いを強くした。

自由の女神像の他いくつかの博物館や五番街を見物して翌日、朝、ワシントンＤＣに向かった。午後二時頃には到着したので、この日はポトマック河畔に行った。すると河畔全面、満開の桜が迎えて呉れた。ジェーンが教えて呉れた「春が一番。」と、言うのがこのプレゼントだったのである。車を降りて散策しながら「ジェーン、とっても綺麗だよ！」と、語り掛け、出会いの始めから一つ一つ追憶の世界を巡って行った。

しばらくするとジェファーソン記念館が見えて来たので見物する事にした。トーマス・ジェファーソンが起草した独立宣言書の冒頭部には「全ての人間は平等に創られており、その創造主によって、生命、自由及び幸福の追求の不可侵の権利が賦与されている。」と独立宣言の主要な精神が記されており、人間の基本的人権と自由及び幸福の追求が最も大切な天賦の権利として宣言されている。この時代、日本では江戸時代の封建制度のまっただ中に眠って居り、欧米では人間の自由と人権に目覚めて躍動して居たのである。この躍動がやがて日本にも伝わり、明治維新の原動力と成ったのである。こんな感慨に耽って居る間にいつの間にか夕暮れ時と成っていた。

翌日の朝、リンカーン記念館を訪れると清々しい朝の空気と相俟って、リンカーンが行ったゲティスバーグでの演説がアメリカの自由と民主主義の新しい夜明けを告げるもので有ったのだと感じられた。その演説の要旨は、「我々の祖先が八十七年前（一七七六年独立宣言の年）に、自由の精神と全ての人は平等に作られているという信条に基づく新しい国をこの大陸に打ち建てた。今やこの国が存続出来るかどうかが試されている南北戦争の最中で、この自由、平等の信条に捧げられた多くの勇敢な兵士達の崇高な命がこの存続を遂行し、命ある我々に残された彼等の未完の大事業を我々が受け継ぎ、完遂する事によって彼等の名誉ある戦死が無駄では無く、神の下に新しい自由が生まれ、人民の人民による人民の為の政治が地上から決して消滅する事の無いように成るのである。」という追悼の演説であった。リンカーンは後に残念ながら凶弾に倒れる事に成るが、この演説は永遠に生きるもので有ると、強く感じた。午後に成り、ホワイトハウス等、他のいくつかの場所を見て、翌日、ニューヨークに戻り、そこから日本に帰国した。

第三章　受　難

美智子の結婚生活

美智子は、三世代同居の大家族の長男、岩田一郎に嫁いだ。岩田家は福岡市で家庭用品から建築資材に至るまで幅広く取り扱う商家であった。一郎は気配りも良く優しい気質であったので美智子は暖かく迎えられ、幸せであった。

翌年には長女、幸子を授かった。美智子は子育ての傍ら、実家で身に付けた家訓根性（働く人達を自分同様に大切にする事）でもって店で働く人達に優しい気配りと機転の利いた笑いや笑顔で接し、たちまち若女将としての人気を得た。店の業績も上がり、義祖父母や義父からは厚い信頼と寵愛を得たが義母は少々違っていた。義母はこれまで培って来た采配力を若女将の美智子に奪われそうな錯覚と嫉妬心からか美智子には厳しく当たった。しかし美智子は持ち前の機転と笑顔でその衝撃をやんわりと吸収し義母の荒い鼻息を和らげた。年を重ねる内に義母も内心では美智子の気心と働きには感心して居たが、その内心を打ち明けたのはお別れの病床であった。

幸子の受難

　幸子が十歳に成った時、悲劇が起きた。学校から帰宅途中、酒酔い運転の乗用車に背後から撥ねられて重傷を負ったのである。脊髄に損傷を受け、下半身が不随に成ってしまった。美智子は生まれて初めての激しい憤りがこの運転手に対して込み上げて来るのを押さえる事は出来なかった。怒りの涙が後から後から流れ出て数日、止める事が出来なかった。幸子はそれからの人生を車椅子で生きなければならなかった。

　美智子は「私が幸子の手足に成るからね。」と、言って幸子を励ました。幸子は溢れ出る涙が止まらず、この過酷な運命を受け入れるまでにはかなりの時間が必要だった。その日を境に美智子は幸子とその車椅子を移動させる事が生活の中心に成っていった。後方から車椅子を丸ごと収納出来る特製のミニバン車を購入して幸子を登下校は勿論、出来るだけ自然の美しさに触れさせる為、休日は海に、山に、川に、そして温泉にと可能な限り連れて行った。美智子は幸子の心の傷が自然の奥深さと美に触れる事によって、少しずつでも癒されて行くようにと祈り続けた。

幸子が中学三年生に成った夏、美智子は一大計画を立てた。幸子の夏休み中に幸子を富士山頂へ連れて行く計画である。先ず、夫の一郎に相談した。一郎は目をまん丸くして驚いたがやがてゆっくり頷いて「分かった、しかし誰か助太刀が必要だね。」と言った。美智子は「その事なら私に当てがあるのよ、親友の嶋田和子はご主人が大学生の時、山岳会員で、しょっちゅう山登りしていて和子も山登りが好きだったから二人は山で出会って恋に落ち、結婚したのよ、今でもせっせと二人で山登りを楽しんでいるわ、あの二人に相談して見ようと思っているの。」と言った。「それは良いかも知れないね、僕も行くから四人居れば何とか成るだろう、早速相談してみたら?」と一郎が言って呉れた。

翌日、美智子は和子を訪ねて相談した。和子のご主人も一緒に聞いて頂き、快諾を得た。天気予報で快晴が続く日を選び、登山計画を嶋田夫妻に依頼して、ミニバン車で福岡から富士山まで往復五日間の予定で決行する事に成った。

一日目は途中一泊宿泊し、二日目に富士山五合目で高所順応の為一泊宿泊して三日目、早朝、暗い内から徒歩にて出発し、富士山頂を目指した。幸子は一郎と和子のご主人とで交代しながら背負ってもらい、登った。六合目を過ぎた辺りで大きな朝日の出、御来光を拝む事が出来た。幸子は「ウワー！　キレイー！」と、感動の声を発して手を合わせた。大人達も大自然のゆったりと広がる光の荘厳さに思わず手を合わせて居た。しばらくの感動を満喫し、頂上へ歩を進めた。九合目辺りが一番苦しかったが山頂が見えると皆、新たな力が湧いてきて、互いに励ましの掛け声を掛けながら登り切った。幸子は皆への感謝と頂上での感激が一度に込み上げてきて涙が溢れていた。「皆さん、有難う御座います！　有難う御座います！」と、言って一人一人の手を両手でしっかりと握り締めた。美智子は幸子をしっかりと抱きしめて「ここまで来れて良かったね！」と言いながら幸子の涙を拭いてやった。嶋田夫妻には一郎と共に親子三人で改めて感謝のお礼を述べた。

周りを見回すと三百六十度の一大パノラマが開けていた。遠くに見える山々の山並みがまるで大海の荒波のようにも見えた。富士五湖や周囲の町並みは一つ一つが超小型のジオラマで富士山頂を中心にグルリと眼下に取り巻いた景色は壮観絶句と言わずには居れない壮大な大自然が息づいて居た。天空を眺めると純粋な青色が無限に奥深く、広大にして神秘な宇宙空間が広がっていた。しばらく、皆それぞれの感慨と感激に身を委ねて時を過ごした。「サアーそろそろお昼にしましょう！」と、美智子が声を掛け、和子と手分けしてお弁当を広げた。心地よい空腹感と澄み切った大自然の中で頂くオニギリは又格別に美味しかった。話も弾んで笑いが絶えなかった。食後の休憩後、今一度この大自然の神秘と美しさを胸に刻み付けた頃、和子のご主人が腕時計を見ながら「サアーそろそろ下山しましょう！」と、声を掛け、支度をして下山した。麓の宿で一泊し、福岡までの間に、もう一泊して無事、帰宅した。

それから三年が経ち、幸子は高校を卒業した。その年の春、桜が満開の頃、幸子に急変が訪れた。脊髄炎を発症し、肺炎も併発して急速に症状が悪化して行った。幸子は皆に見守られる中、「ア・リ・ガ・ト・ウ」と弱々しく呟きつつ僅かな微笑みを残して最後の息を引き取った。病床から「お父様、お母様へ。」と宛てた一通の書き置きが見つかった。開いてみると「お父様、お母様、私を産んで呉れて有難う、私の命は短いかも知れないけれど言葉に尽くせないイッパイ、イッパイの幸せを頂きました。自然の多様な美しさの中に私の小さな命も生きさせて頂き感謝の気持ちで一杯です。特に富士山頂まで大変なご苦労をお掛けしながら私を連れて行って下さった皆様には何とお礼を申し上げたら良いか言葉も見つからない程、胸が一杯です。嶋田御夫妻には呉々も宜しく感謝の気持ちを伝えて下さい。私はあの富士山頂から透き通った永遠の青空に向かって沢山の幸せと共に旅立ちます。もしどこかで青空が見えたら、そこから私が皆さんに幸せを願う心をずっと送り続けている事を思い出して下さい。皆様、有難う！有難う！　有難う！、さようなら！」と、記してあった。一郎と美智子は涙が止まらなかった。

一郎の受難

幸子の三周忌を終えた年、美智子にとって最大の苦難が訪れた。最愛の一郎が倒れたのである。病名は急性白血病であった。美智子は懸命に看病した。しかし日一日と病状が進んで行った。一郎は旅立ちが近い事を悟り、美智子に意識の有る今の内に大切な事を伝えなければと思った。美智子を病床の近くに呼び寄せ、「美智子、心して聴いて呉れ、多分、僕はそう長くはないだろう、これまで色々と本当に有難う、心から感謝している。僕が逝った後の事だが、貴女はまだ充分若い、もし良縁が有ったら迷わず再婚して充実した人生を送ってほしい、これは僕のたっての願いだ、人という文字に表されているように二人が支え合ってこそ人に成る、幸せも二倍に成るのだよ、僕は幸子の所に行って楽しくしているから全く心配は要らないよ、どうか心置き無く貴女の自由な人生を生きてほしい。生きてほしいのだよ。」と、告げた。

美智子は「エッ！　そんな？」と、驚いたがこれ程真剣になって話して呉れた一郎の真心はしっかり受け止めなければと思い直し、「分かりました、貴方の真心はしっかりと私の心の一番奥にしまって置きます。」と、答えた。一郎はホッと安心して深い眠りに落ちて行った。二日後、一郎は眠るように旅立って逝った。

美智子の受難

一郎の一周忌が過ぎた頃、美智子は自分の体に異変を感じた。幸子と一郎を失い、寂寥のストレスが美智子の体に病を呼び寄せていた。右の乳房にしこりが有るのを感知して病院に行った。乳ガンの診断で、直ぐ手術をするよう勧められ、手術した。手術の傷が癒えて六ヶ月経った頃、左の乳房にも小さなしこりを感知したので再び手術をして病変部を除去した。幸い早期発見だったので両方とも乳房温存が可能で有った。

美智子は人生の疲れを感じていた。ただ心の一番奥で一郎が「生きてほしい！」と叫び続けて呉れているのが唯一の支えだった。

第四章　再　会

同窓会

正一はアメリカで勧誘を受けた日本の大手企業の貿易部門に入社し、これまで外国出張が多く多忙な日々を送っていた。最近は国内での仕事も多くなり東京に落ち着いて居た。そしてジェーンの思い出と共に独身を通して居た。

そんな或る日、田主丸昭和中学校卒同窓会の案内状が届いた。正一は懐かしさで胸が一杯に成り、早速、出席の返事を出した。「美智子、金太、庄三、皆どうしているかなー、もうあれから二十五年も経ってしまった。」と、呟いた。

三月下旬、桜が満開の頃、空路、田主丸の同窓会会場へ向かった。会場に着いて受付に行くと「オー！　正一！」と、言いながら近寄って来た者が初めは誰だか分からず名乗って貰わないと分からない程であった。「アー！　信ちゃんかー！　驚いたなー、すっかり良か大人に成ってー。」と、言う具合である。会場に入るとあちこちに三～四名位のグループが出来て、話が弾んでいた。正一が会場をグルリと一回り見回して見ると、居た！　美智子が居た！、ひときわ大人びて美しく成っていた。落ち着きの有る気品も増し加わっていた。真っ直ぐ歩いて行って「美智子さん！　久しぶり！」と、声を掛けた。美智子は「アラー！　正一さん！」と、驚き、懐かしげに、あの中学生の頃と同じキラキラした目を大きくして答えた。「お元気でしたか?」と、正一が問うと、美智子は少し間が有って「エエ……まあ……一人で頑張っています。」と、少し躊躇しつつ、どこか寂しげに答えた。その時、金太と庄三が「アリャー！　正一じゃなかとかー、どげんしとったとかー?」と、大声で正一の肩を叩きながら間に入って来た。「オー！　金太！　庄三！」と、答えて肩を叩き合った。正一は美智子の方に向き直り、「又後でね?」と、言うと、美智子は微笑んで頷きながら「ハイ。」と、答えた。そして梢と良子が来て美智子を囲み、話が弾んで行ったので正一は金太と庄三とで、これまでの経過話に花を咲かせた。

しばらくして幹事からマイクで「皆さん！　それでは会を始めたいと思いますので各自、受付で渡した番号札と一致する席に着席して下さい。」とのアナウンスが有り、着席したが美智子とは別々のテーブルに成った。来賓の先生が三人居られたが、その内の一人が姫野英子先生だった。正一はあの英語スピーチコンテストの思い出がワッ、と吹き出して来て胸が一杯に成った。正一の心の一番奥に大切にしまって有る美智子のスピーチテーマ、「貴方の幸せを心から願う真心を育てよう。」が胸一杯に広がった。来賓の先生方のスピーチが終わり、乾杯して、宴もたけなわに成った頃、自由歓談と成ったので正一は美智子を誘って姫野先生に挨拶に行った。姫野先生はとても喜んで下さり、「美智子さんの大切なメッセージは今でも私の心にちゃんとしまって有って折りに触れては生徒達に伝えていますよ。」と言って下さった。美智子は感激して目が潤んで居た。他にも昔の生徒達が先生を取り囲んで話したがって居たので「先生、いつまでもお元気で居て下さい。」と言って席を譲った。美智子にも他の友達が次々と話し掛けて来ていたので正一は取り敢えず美智子と電話番号だけ交換して離れた。正一も次々と旧交を温めている間に終わりの時間が来てしまい、幹事の締めくくりで次期再会を約束して散会と成った。

正一は、その日の宿に着いて一息ついた時、美智子の少し寂しげな様子と「一人で頑張っています。」と言っていた事に胸騒ぎがして気掛かりでならなかった。とにかく電話してみようと思い立ち、電話した。直ぐ繋がって、「アァ!、正一さん、今日は友達が一杯でゆっくりお話が出来なかったわねー。」と、言って呉れたので正一は「明日、時間が有ったら、もう一度そちらの福岡のどこかで逢ってゆっくり話がしたいんだけど?」と言うと、「ハイ、明日は一日空いていています。」と、応じて呉れたので午後一時に地下鉄、大濠公園駅出口で待ち合わせる事にした。

翌日、約束の五分位前に待ち合わせ出口に行くと、もう美智子が待って居た。

「ヤァー、お待たせして御免ね、少し公園を歩きながら話をしようか？」と、言うと「エェ、そうしましょう。」と、言って水辺の小径を並んで歩き始めた。正一が「昨日、美智子と最初に話した時、ちょっと寂しそうで元気が無かったので、ずっと気に成って居たんだ。どうしたの？」と、水を向けると、「エェ、……色々有ったの……」と、言って長女、幸子が生まれた頃からの出来事を話し始めた。正一は「エェッ！」と、驚く驚愕の事実が次々と出て来て平衡を失いそうだった。幸子を見送り、更に夫の一郎をも見送り、ストレスと疲れから自らも病を患って幸い手術が上手く行き、「今、何とか生きている所よ、正一さんはどうして居たの？」とバトンを渡して呉れた。

丁度その時、観月橋を渡り、中之島に入ってしばらく歩いた辺りで、湖面に向かったベンチが有ったので正一は「このベンチに座って話をしよう。」と、言って美智子と並んで腰を下ろし、話を始めた。大学ではイエス・キリストに出会い、死の問題を乗り越える事が出来、信仰を得た事、そして大学を卒業した年、アメリカに留学し、ジェーンに出会って、アメリカの自由と人の基本的人権の始まりを教えて貰い、楽しい思い出が一杯出来て結婚しようと思って居たが、やがて悲しい別れを迎えねばならなかった事、その後、今の会社に入社して忙しく走り回り、未だに一人暮らしをして居る事などを話した。

美智子は「ウワー！　驚いたわー、正一も大変な道を歩いて来たのねー！」と、ため息をついた。しばらく無言の時が流れて、「私ねー、もう自分の役割が終わった様な気がしているの。」と、ポツリと言った。正一はハッ！と、成って、美智子が生きる意欲を失い掛けている危機感を直感し、思わず美智子の手を握り締めて「生きてくれ！　美智子！　僕と一緒に生きてくれー！」と、叫んでいた。そして、「美智子！　僕は君がずっと好きだったんだ。美智子の英語スピーチのメッセージは僕の心の一番奥に大切にしまって来た。僕と一緒に幸せを見つける旅に出よう！　その旅には君が絶対必要なんだ！　僕には君が必要なんだよー！」と、涙声に震えながら必死に訴えた。美智子はガバッと正一の胸に顔を埋めて肩を震わせ、嗚咽していた。正一は美智子の頭と背中を優しく撫でながら「美智子！　これまでの辛かった事を全部僕の胸に移してくれ！」と、耳元で囁いた。

美智子は「ウウゥッ！」と、声を上げて泣いた。美智子の心の一番奥で一郎が「美智子！　行きなさい。」と、美智子の背中をそっと押して呉れて居た。しばらく時が流れて、美智子は顔を上げ、正一の目を真っ直ぐに見て、「正一！　有難う！　一緒に旅をするわ。」と言った。正一は「有難う！　美智子！　良かった！　嬉しい！　嬉しいよ！」と、言って美智子をしっかり抱き締めた。美智子の涙が正一の首筋に落ちて流れた。

そしてフルーティーな香りがする美智子の吐息が辺りを花園に変えていた。正一はその涙と香りで小学校卒業記念に演じたリア王劇のラストシーンを思い出し、思わず「コーディリア」と呟いた。美智子は向き直って「リア王様！」と無邪気な笑みを満面に浮かべて答えた。

第五章　未来に向かって

新生活の始まり

美智子は岩田家の商売の経営全てを岩田家、次男の次郎に委ねて身軽に成り、東京で正一と新生活を始める事にした。岩田家の菩提寺は浄土真宗のお寺であったので正一と一緒にそのお寺へ行き、結婚する事を報告し、信仰は続ける事を伝えた。

東京では杉並区、荻窪に新居を定め、極々近しい親族と親友を招待して正一の信仰するルーテル教会で簡素な結婚式を挙げた。

第六章　平和への祈り

正一との結婚生活は心安まる、とても幸せな日々であった。そんなある日の夕食後、団欒の一時、正一が世界を駆け回っている時に感じた事を語り始めた。

「世界中での戦争や小競り合い、中でもイスラエルとイスラム圏の異教徒間の争い、戦争、同じイスラム教なのに宗派間の激しい争いやテロは世界が平和に成る為に、そして青い美しい地球を守る為にも私達人類が何か新しい生き方や考え方、目指す方向などを見い出して行かなければならない時代に来ているのではないかと感じて居るんだよ。」と、言った。

美智子はすかさず、「実は私も同じ様な事を考えていたのよ、私が幸子を連れて富士山に登った時の事、頂上から周りの素晴らしい大自然を見渡して居ると、多種多様な生命が尽きる事の無い美を周りと調和しながら、その個性を自由に表現して生きているし、この壮大な宇宙は神様からその様に生かされているので在り、私達人間の一人一人も多種多様な生き様の中に生かされて居る事を思うと、異教徒間や宗派間の争いは全く無意味だな、と気が付いたのよ。それは富士山頂への登り道は幾つも有って、例えば私達が登った道は仏教だとすると他の登り道はキリスト教であり、もう一つの登り道はイスラム教であり、その他、諸々の宗教や宗派がそれぞれの多様性を主張した登り道だと思ったの、そしてそれぞれの道は険しかったり登り易かったりしているけれど、何れの道を辿っても結局は同じ頂上に辿り着く事に成り、山頂では誰もが握手したり抱き合ったりする所なのよ、あの富士山頂から見た透き通った奥深い青空の向こうに私達の眼には見えない、そして全てを包容する一人の同じ神様が居られて私達の多様で自由な生き方を見守って居られる様に思ったの。私達は多方面から一人の神様を想像して多様な見方と表現で礼拝しているけれど、実は神様が私達の為に、私達の眼に見える自然の多様な方法で、そして多様な人を通して神様との絆を繋いで下さっている様に思ったの。だから私達は異なった宗派や宗教で礼拝していると思っているけれど実は同じ神様を拝んでいるのが真実ではないかと思えたのよ。だとすれば、宗派や宗教が違うからと言って、争ったり、弾圧や排斥をしたり、果ては戦争をしたりするのは全く無意味ではないかと思ったの。それともう一つ、人間はどうして戦争をしてしまうのかという元々の原因は何か?と問うた時に、思い至った事が有るのよ。人間は生まれて来る時、自由意志を持って生まれてくるわね、実はその自由意志が問題で、それには善の心と悪の心が内在していると思うの。善の心とは他者の幸せを願う心と共に有る自由意志で、悪の心とは他者を顧みず自分の欲望のみを満たそうとするエゴイズムと共に有る自由意志と、言えると思うの。このエゴイズムと共に有る自由意志が個人レベルではいじめや犯罪を犯し、集団レベルに成ると集団エゴイズムと化して宗派間の争い、弾圧、排斥などに繋がり、国家レベルに成ると国家エゴイズムが当然の事のように他国の領土を奪い、自由を奪って戦争へと突き進んでしまう根源的な原因だと思うのよ。だからこの悪の世界に突き進んでいる世界を変える為にはその源の私達一人一人が善の心つまり『相手の幸せを願う心と共に有る自由意志。』を育て、はぐくむ事が最も大切な事の一つだと思うの。」と、ここまで話して一息ついた。

正一は「全くその通りだねー！　凄ーい！　美智子の英語スピーチの魂は一貫して生き続けているし、説得力がいよいよ増し加わって素晴らしく、磨きが掛かって、眩しい位だよ。」と、驚嘆した。そして「政治や経済に於いても、この『相手の幸せを願う心』が働き続ければ、必ずや世界は平和で幸せな方向に舵を切る事が出来るのではないかと思うねー！　いや、そうすべきだと思う。私達一人一人の努力が積み重なって、百年、千年、万年と経つ内に戦争の無い、平和で全ての人達が幸せな世界がきっと訪れる日が来ると思うよ。」と、言った。美智子は眼を輝かせて、「そうね！　人の心の進化がそのように進めば、政治や経済の世界も人が関わって動かすもので有る限り、きっとこの愛の心は生き続ける永遠の心である、と信じたいわ。」

第七章　永遠に

本当の愛とは相手の幸せを心から願う心である。

本当の幸せとはお互いに本当の愛の心と共に在る自由意志によって醸し出される平和で美しく、新しい感動の世界を旅する事である。

この本当の愛と幸せは神の助けによって永遠に生きる。

完

あとがき

世界の争いや戦争はなぜ起きるのか?

人類の歴史を紐解くと、そこには自分の支配を広げようとする人間の欲望が見えて来る。

第一次世界大戦に至るまでの英雄至上主義による世界征服の野望は、その死によって限界を成してきた。第二次世界大戦を経て、人類はそのおびただしい犠牲と悲惨を目の当たりにして、その悲劇を繰り返さない道を探り始めた。しかし、今、世界はあちこちで二国間の紛争や宗教観の違いによる戦争、そして大国の国家エゴイズムによる領土拡大を試みようとする第三次世界大戦への鳴動すら感じる今日この頃である。何故そう成ってしまったのか? 原因を探って見ると、三つ程、思い当たる。

一つは自由放任主義経済による巨大な格差、これはアダム・スミスが提唱した国富論で主張した「己の欲望の赴くままに自由に経済活動を行い、政府の干渉は最小限に留めるべきである。」とした事に基づくエゴイズムの助長にある。今一つはマルクス、レーニンによる共産主義経済を戴いて来た国家の自由を抑圧する独裁支配である。三つ目は人間が勝手に形成する宗教エゴイズムである。これらは何れも人間の欲望に基づくエゴイズムが発生する世界の混沌であると思う。

「愛」という抽象的な言葉の中に秘められた大切な心とは何か？　戦争の無い本当の幸せな世界に近付く為には人類はどのような旅路を辿れば良いのか？　永い祈りの末に一筋の光をリア王という舞台に見いだして書き下ろしたのが拙著である。人類の心の進化の道中に於いて、この書が一石を投じた波紋と成って戦争の無い幸せな世界への一つの道標と成れば望外の幸いに思う。

この書を送り出すにあたり、多くの方々のご協力、ご支援を賜った。特に家族、友人、そして出版社の方々には心からの深謝を表したい。

二〇一七年十一月三十日　浅川　剛毅

浅川　剛毅（あさかわ・たけき）

1939年、福岡県久留米市田主丸町田主丸に生まれる。
1963年3月、東海大学工学部金属工学科卒業。
1968年12月、米国ミシガン大学大学院工学部金属工学科修士課程卒業。
1970年8月、米国オクラホマ大学大学院工学部金属工学科博士課程中退。
1970年11月、小池精機株式会社入社。
2010年5月、小池精機株式会社退社。
現在に至る。

僕たちのリア王　本当の愛、本当の幸せを求めて

2018年6月9日　第1刷発行

著　者　浅川剛毅
発行人　大杉　剛
発行所　株式会社 風詠社
〒553-0001　大阪市福島区海老江5-2-7
ニュー野田阪神ビル4階
TEL 06（6136）8657　http://fueisha.com/
発売元　株式会社 星雲社
〒112-0005 東京都文京区水道1-3-30
TEL 03（3868）3275
印刷・製本　シナノ印刷株式会社

ISBN978-4-434-24609-8 C0093